Kanchenjunga
8 586 m

Lhotse
8 516 m

Makalu
8 463 m

Nanga Parbat
8 125 m

Annapurna
8 091 m

Gasherbrum 1
8 068 m

Sishapangma
8 027 m

CUENTO DE LUZ

Para mis sobrinas Lílian y Lin que tanto aman a los animales,
con inmenso cariño.
- Ramiro Calle -

A Pedro, mi padre, que me enseñó a hacer las cosas con delicadeza
y ver un mundo de posibilidades en donde aparentemente no hay nada.
- Nívola Uyá -

Un tesoro en las cumbres. Aprendiendo a meditar.

© 2015 del texto: Ramiro Calle
© 2015 de las ilustraciones: Nívola Uyá
© 2015 Cuento de Luz SL
Calle Claveles, 10 | Urb. Monteclaro | Pozuelo de Alarcón | 28223 | Madrid | Spain
www.cuentodeluz.com

ISBN: 978-84-16078-82-0

Impreso en China por Shanghai Chenxi Printing Co., Ltd. julio 2015, tirada número 1526-5

FSC
www.fsc.org
MIXTO
Papel procedente de
fuentes responsables
FSC® C007923

Un tesoro en las cumbres

Aprendiendo a meditar

Ramiro Calle

Nívola Uyá

Con el despuntar del nuevo día, Emile comenzó a maullar reclamando su ración de leche fresca. El jardinero de la embajada de Estados Unidos en Nueva Delhi le colocó en el suelo un tazón con un poco de leche. En ese momento entró en la sala su nieto, que le escuchó decir:

—Raví, querido, el señor embajador te va a llevar a Darjeeling, donde descansará un mes con su mujer y su hijo, tu gran amigo Tony. También te dejará llevar a Emile. Yo podré entonces ir a visitar a unos familiares en Benarés.

Ilusionado, Raví, dando saltos como un gamo,
salió al jardín y vio a Tony haciendo sus posturas de yoga.
—Mi abuelo me deja ir también, y vendrá el yogui Emile.

Los niños se abrazaron, entre risas y gritos de alegría,
mientras el misterioso gato blanco se colaba entre sus piernas,
sin dejar de maullar y exigiendo atención.

Al día siguiente, todos subían al tren que partía desde la planicie para ascender por las montañas hasta Darjeeling. Parecía de juguete, y por eso precisamente lo llamaban "toy-train" en inglés.

Los niños viajaban con los ojos muy abiertos, mientras el tren atravesaba hermosos bosques donde los árboles se elevaban como anhelando tocar el cielo.

Raví, que llevaba a Emile sobre sus piernas, comentó:
—Tony, hay una sabiduría más elevada que la de la selva, te lo aseguro.
Es la de las cumbres. —Los ojos de Tony se abrieron como platos.

—No solo hay que cuidar el cuerpo y sus energías —añadió Raví,
sin dejar de acariciar a Emile y con la mirada perdida a través
de la ventana del tren—. Hay que dominar la mente.

—Quiero conocer esa sabiduría —afirmó Tony—. Enséñamela,
no te la guardes solo para ti.

Rieron. De repente, Emile, asustado por algo, dio un respingo y Raví tuvo
que sujetarlo con fuerza para que no saltase fuera del vagón.
Tony, a modo de cariñosa reprimenda, dio un leve toque en el hocico
a Emile, que lo miró estupefacto.

Llegados a Darjeeling, ciudad situada a más de dos mil metros de altura,
se alojaron en una hermosa casa frente a las cumbres nevadas.
La brisa del aire era pura y reconfortante.

Dos días después, ya descansados del largo viaje, Raví despertó temprano a
Tony y le dijo:
—¡Vamos! La sabiduría de las cumbres nos espera.
El mayor tesoro está dentro de cada uno de nosotros y desde tiempos muy
antiguos, los yoguis han meditado en las cumbres. Meditan para conocer y
dominar la mente, que es como un mono loco que salta alrededor y nunca
se queda en un solo lugar.

Tony se frotó los ojos y comenzó a desperezarse.
Unos minutos después, salían sigilosamente de la casa,
bajo la atenta y sorprendida mirada de Emile.

Se adentraron por los campos de té, donde las mujeres ya estaban
trabajando con grandes cestos a la espalda. A lo lejos se divisaba
un monasterio tibetano, y de allí procedía el sonido de una caracola
llamando a la recitación de mantras.

OM TARE TUTTARE TURE SOHA

—Siente la brisa del aire —dijo Raví—, como si tú fueras el aire mismo.
Escucha el trino de los pájaros como si fueras quien trina.
No te distraigas, Tony. No dejes que la mente salte como un mono
de una rama a otra.

Caminaban en silencio, muy atentos. Después, se sentaron bajo
un frondoso árbol. Raví, irguiéndose como un poste, dijo:
—Coloca la espalda y la cabeza en línea recta. Dobla las piernas. Esta es
la postura de los sabios para meditar. Meditar es estar muy atento.
Ahora, siente el aire que respiras. No pienses en nada. Solo siente.
—¡Uy, eso es muy difícil! —se lamentó Tony.
—Pero inténtalo. Siente el aire como una ola que viene y va.

—Verás como comienzas a estar a gusto,
muy a gusto, libre de pensamientos inútiles.

Así estuvieron unos minutos.

—Sigamos adelante —dijo Raví.
Ascendieron hasta un risco y, jadeantes, se sentaron—.
Ahora, échate sobre la espalda —añadió—.
Pierde la mirada en el cielo. Fusiónate con él.
Haz lo que me enseñó mi abuelo: no pienses, solo fúndete
con el cielo como el azúcar con el agua. No dejes que
los pensamientos te distraigan.

Estuvieron así un buen rato.

Raví rompió el maravilloso silencio de las cumbres para decir a su amigo:
—Siente tu cuerpo. No pienses, no te distraigas, siente tu cuerpo.
Es como si formara parte de la tierra y parte del cielo.
Deja que la energía de la respiración te llene de fuerza.

—A veces me distraigo —se lamentó Tony.

—No importa. Poco a poco irás siendo el dueño de tu mente.

Después, Raví le enseñó a Tony a caminar con mucha atención, sintiendo cada paso de sus pies, como si estuviera andando sobre un alambre.

Luego sacó unos sándwiches que llevaba en el bolsillo y exclamó:
—Comamos muy conectados con el alimento.

—¡Qué ricos emparedados! —exclamó Tony.

—Come lentamente, amigo, siente lo que comes,
agradece lo que entra en tu boca.

Atardeció. Las montañas se tiñeron de un rojo anaranjado.
Emprendieron el camino de regreso. Asomó después una luna inmensa
que parecía flotar en el firmamento.

—Sentémonos —dijo Raví—. Antes de regresar, concentrémonos en la luna. Mírala y no dejes que otras ideas te distraigan. Mi abuelo dice que tenemos que aprender a conectar. Ahora conectemos con la luna.

Así estuvieron varios minutos, en un silencio impresionante.

A continuación Raví, casi en un susurro, dijo:
—Siente ahora como si tu corazón, lleno de alegría y amor,
se abriese e impregnase con esa alegría y ese amor
a todos los seres y en todas las direcciones.

Se incorporaron. Había llegado la hora de volver a casa.
—Me gusta la sabiduría de las cumbres —dijo agradecido Tony,
pasando el brazo por encima de los hombros de Raví.

—Me gusta ser tu amigo —repuso Raví—. Siempre seremos amigos. "Yoga" quiere decir unión, y tú y yo estaremos siempre unidos.

Rieron, se abrazaron. A lo lejos sonaron las trompetas que los lamas utilizan para llamar al ritual.

—Bueno, mi amigo del alma —dijo Raví—. Ahora hay que empezar a correr. Emile se estará preguntando dónde estamos.